KB247645

개박골 포도꽃들이 앙등할 낀데

김연화 안젤라

시인의 말

저 물살 속
상처를 뭍으로 밀어내듯

감천내에서 초실내로
새그러분 사과가 막걸리 양재기에
동동동 떠내려오는

또다시
그날로 돌아간다면
아마도 그런 일상은 없을 거야
마지막과 일상은 늘 함께였음을

2025년 가을
김연화 안젤라

개박골 포도꽃들이 앙등할 낀데

차례

2부 우리 꽃 따러 가재이

3부 니 시아바이 무덤에 가서 달라 캐라

4부 수많은 울음 속에서 나를 찾는 게 아닐까

해설

1부

여나 나아 줘서 고마배여

보리까끄래기 도리깨질한 날

우리 어머니 보리타작하다가 날 낳으셨다네
음력 유월, 오후 세 시와 땡볕 사이
울 할매 다섯 번째 손녀딸로 태어난 나

사촌 언니들이 신기하여 안아 주면
울 할매 얼라를 뺏어다
윗목에 휙 밀어 두었다지
디지든가 말든가 냅뚜부리

마실에서 기중 이쁘다는 할매,
왼손 엄지손가락 옆
또 작은 엄지손가락
아따 그 신기한 육손가락으로
곰방대 담뱃가루만 꾹꾹 눌러 담았다네

어머니는 보리 낱알 털어 낸 숫돌 들마당에
도리깨질 두드려 타작하시네
보리 지푸라기 머릿수건 탁탁 털고

짜내도 우리 어머니 젖은 안 나오고

배고픔에 지친 핏덩이 울음소리 대신
울 할매 곰방대 연기만
큰방 가득 찼다지
후우 휘이 우짜꼬 남사시러배서

저녁 가마솥 보리밥 끓어오를 때
어머니 서둘러 밥물 서너 숟가락 떠먹였다지
무라 쎄이 무야 산데이
꼼지락꼼지락 얼라가 살아났데이
해 넘겨 출생 신고해도
아, 나 정말 태어났다네

땅끝순례문학관 들러 녹우당 보리밭 길 걸었네
일렁이는 보릿대 고랑 사이로
구미 봉곡 조아실버 요양원에 계신 어머니가
핸드폰 카메라 렌즈에 일렁이네

오매 이래 날도 뜨거분데 여나 나아 줘서 고마배여

엄지호박

우리 할부지 손이 할매의 허리를 감아 신방에 호롱불 키웠다네 그 넝쿨에 하나둘 자식이 주렁주렁 들어섰다지 우리 할매 늘 하는 말 니가 기중 이뿌다, 엄지손가락 꼽네

긴 곰방대에 담뱃가루 꼭꼭 누를 때마다 내 눈은 할매 엄지를 따라다녔지 엄지 지문에는 할매와 산나물 캐러 간 산모롱이 길이 있었네

안방 천장 가득 담배 연기가 하늘 높이 피어오르던 날, 할매는 내 손에 엄지만 쥐여 주고 눈을 감았지 나는 흙바닥에 주저앉아 발버둥을 쳤네

그 후로 오랫동안 넝쿨처럼 계절이 지나갔지 이제 나도 꽃피울 때가 되었을까 한 사내가 내게 엄지를 치켜오던 그해 여름, 오이 박스에 담긴 고물고물 작은 손을 만져 보았네

할매 닮은 여섯 손가락을 엄지처럼 좍 펴고 있었지
내 텃밭에는 호박 넝쿨이 꽃봉오리를 담장 위로 하나씩
치켜세우기 시작했네

버버리가 통시에 빠진 날 1

허허 고놈 제법 볼상사납구먼
놀래서 깜박거리는 버버리 눈을 한번 까뒤집어
한약 한 알 먹이는 건넌말 윤 약방 어르신
어쩨 그래 참말로 가라는 핵교는 안 가고
와 똥뚜간은 가고 지랄이야

할매는 수돗가에 손자를
빨가벗겨 씻기며 찰싹찰싹 때렸다
그만하기 다행이라 마 고마 머라카지 마소
이장 아재가 바가지 물로 허니 몸 구석구석 끼얹었다

지금은 폐교인 김천 아포읍 대신초등학교 1학년 때
였지
초실 친구들이 한데 뭉쳐 우르르 학교 가는 날,
웃말에 개 조심이라 쓰여 있는 당꼬네 집
엄청 사납고 무서운 개 줄이 풀렸어
모두 뜀박질로 그 집 통시로 숨어들은 기라

너덜너덜 나무토막 반 찌그러진 통시 문을 잠그고
덩치 큰 친구들한테 밀리고 밀려
고마 통시에 빠져 뿌린 허니
통시깐 나무 판때기 구멍이 너무 컸던 기라

동사에서 방송을 이고
어른들이 들에 가다 말고 쪼치오고 난리가 났어
이런 일로 종종 어린아이가
통시에 빠져 목숨을 잃은 일도 있었거든

뒷데안 거름 똥장구 똥 푸는 구멍으로 버버리가 올
라왔어
아따 허연 구더기 자수가 고물고물 그려진,
쇠파리가 다닥다닥 붙은 황금 옷을 입고 나타난 기라
아고 이 우짠 일이고 참말로
허니는 한동안 말문이 막혔다
그 이후 마을 사람들은 허니를 버버리라 불렀다

버버리가 통시에 빠진 날 2

가시나야 그카마 직이 뿐다
니도 통시 한 번 빠져 바라

그날 허니가 통시에 빠져
학교에 지각한 사실을 전교생이 다 알아 부렀어
옆 짝지 여나가 똥 냄새난다고
코를 막고 울고 눈을 감아 버렸네

교실 앞문 뒷문 창문 실무시
다 열어젖히며 하시는 선생님 말씀
우리 허니에게 모두들 칭찬 박수 짝짝짝

통시에서 살아 올라온 게 얼매나 장허냐고
똥 꿈을 꿔도
아무도 이래는 절대로 못 꾸는 기라
평생 부자 되고 재수 좋은 기라고

그날 우리 허니는 공부를 잘했을랑가 몰라

빙수캉 버버리는 소 등때기에 가방 얹어 학교를 댕겼어
꼴망태 메고 소 몰고 학교 옆 논으로 밭으로 띠댕겼어
소시죽 끼리고 소여물 되새김질하듯
허니 말문이 다시 돌아왔다지

버버리가 통시에 빠진 날 3

내처럼 똥뚜깐 똥 세례 받은 사람 있음
나와 보라 캐바
술도가 삽작걸에 술판이 벌어졌다

막걸리 얼큰하게 취한 버버리
새로 지은 초곡교회 바라보미
삿대질을 연신 해 대네
십자가 꼭대기에 별들이
오늘따라 초롱초롱 더 빛났다

초실 웃말 멍이네 마당에
육백 년 넘게 서 있는
회나무가 하는 말
그래 댓다마 니보다 오래 산 내가 니 맴 다 안다마

이십 년 하고 이태가 지난 오늘도
친구들 막걸리 안주는 어김없이
허니 버버리가 통시에 빠진 날

여나 가시나 니가 냄새 난다꼬
나캉 짝지 안 한다는 그 말이 더 가슴 아푸
그날의 악몽으로
내는 아직도 키가 크는 중이라

어느 날,
버버리는 오토바이 타고 하늘로 가뿐 기라

버버리가 통시에 빠진 날 4

아고 허니야? 하늘로 가더마 영 안 니리 오네
쎄이 니리온나
아따 엉기나여 고마 왜캐여, 니들 다 보고 있다
몬 니리가여 여서 지끼께

찌그러진 양은 주전자
빙수가 하늘로 쳐 올리고 건배
니도 고서 건배 니리고
오늘도 초실 술도가 삽작걸에
동무들이 둘러앉았네

그 망할 놈의 당꼰네 개 때문에
내가 통시에 빠진 역사적인 날 아이가
그 구더기가 내 뱃속에 드간 기라
내가 밥을 잘 먹어 포동포동 알을 깐 기라 고마

똥이 얼매나 고마분지
몸에서 돌고 돌아 밭에 거름으로 갔다가

싱싱한 야채로 내 몸으로 또 들어와서
어른 되고 장가도 들었응게
고마 됐어

근디 딱 한 가지 아쉬분 기 있는 기라
요 하늘에 있응께 못 하잔어
먼데?
태레비 프로에 거 머더라 나의 지난 이야긴가 먼가
내 통시 빠져 뿐 거 방송하러 나가야 하는디
아이마 소설로 써야 대는디
고걸 못 하고 올라와서 아까바서 어쩔 기고

걱정 마라 허니야 니 통시 빠진 이야기
내 시집 내서 전국 방방곡곡 알려 주꾸마

부지깽이 씨래기 끼리는 날 1

어짜마 존노
사람이 죽은 기라
누구 집 영감님인지도 모르고
어짤라고 아인밤에 기찻길로 댕겼는지
쌔이 집에 갈라고 간 기라
온 마실 사람들이 혀를 차며 한마디씩 놀라고 있었다

휘이 휘이 도포 자락 허연 두루마기가
보름달에 훤하게 달리던 기차에 치였다
이웃 마실 잔차 갔던 어느 이름 모를 영감님이
공중으로 두어 바퀴 곡예를 돌더니
순식간에 툭, 퍼억!
허옇게 시신으로 땅바닥에 내동댕이쳐졌다

아부지는 급한대로 막냇동생 두디기를
니아까 바닥에 깔았다
객사한 영감님 시신을 번쩍 안아
니아까에 조심스레 눕혔다

마을 사람들은 성화 아바이 대단하다고 한마디씩 거
들었다
　모두들 팔짱을 끼고 거름짜리를 한 바퀴 돌고
　다시 디다보고는 고개를 절레절레 흔들었다

　기차 공굴 다리 밑에서 제일 가까운 우리 집
　그때는 버스도 잘 없고,
　기찻길로도 사람들이 많이 걸어 다녔다

　얼라 두디기 때문에 도분이 단단히 난 엄마
　막냇동생을 전대로 업고
　부지깽이로 이따금 무쇠솥을 탁탁 치며
　엄마는 씨래기 돼지국밥을 끼리고 있었다

부지깽이 씨래기 끼리는 날 2

김천 경찰서에서 순경 아저씨들이 오고
우리 집 마당에 밤새도록 불이 켜진 건
이름 모를 영감님 시신이 우리 집으로 온 날이었다

초등학교 1학년 정도 됐을 기라 아마
순경 아저씨가 들고 있는 A4 용지와
내 원고지랑 바꿨던 기억이 아직도 생생한 기라

십 년이 지나고 우리 집 마당에 두 번째로 밤새도록
불이 켜졌어
　아부지 초상을 치르느라 보름달이 제일 부산스러웠지

고등학교 2학년 때, 여동생이 다섯 살 아래
아부지 막걸리 농약 위세척하려고
김천 도립병원 빨리 택시 태우려고
기찻길 공굴 밑으로 종종걸음 쳤지

아부지를 니아까에 겨우 싣고

나는 끌고 동생은 밀었어
아부지가 오래전 객사한 영감님 시신을
실었던 바로 그 니아까

엄마는 마당에 쪼글씨고 앉았다
사각 벽돌 걸친 커다란 양은솥 두 개
부지깽이로 짚 쌔기 지푸라기 불을 피웠다
씨래기 돼지국밥 양은솥에서 김이 펄펄 오르기 시작
했다

마을 길을 첨으로 새마을 운동 아스팔트를 깔았지
채 마르지 않은 아스팔트 니아까 바퀴 두 줄
시퍼런 멍 두 줄이 내 심장 깊은 곳에 아직도 남아
있다

고무신떼야네 1

고무신떼야네 집은 많이 이름을 부르지 않고
마실에서 그냥 고무신떼야네로 불려졌다

우리 집 뒷집은 고무신을 때우는 집이었다
늘 고무 타는 냄새가 이웃집으로 앙등했는데
익숙해서인지 고약하지도 않고 달짝지근했다
고무신떼야네 삽작걸에
엿장수가 엿판을 벌여서일지도 모른다

가끔 타다 남은 고무신을
아저씨가 거름짜리에 버렸다
그 새까만 고무신을 주워
신사 엿장수에게 엿을 바꿔 먹었다

왜 신사 엿장수라 부르나 하면
뭐든지 갖고 가면 무조건 엿을 주니
나는 그를 그리 불러 주었다
아니 마을 사람들도 다 그렇게 불렀다

신사 엿장수가 고무신떼야네 삽작걸에 왔다
조금 남은 참기름병, 기차 선로길
미리 빼 둔 큰 대못, 비료 푸대도 갖다주면
엿장수는 직사각형 분 발린 엿판을
크고 시꺼먼 가위질로 탁탁 쳐서
떡가래처럼 질다란 엿가락을 준다
하늘로 얼굴을 치켜들고 뽀얀 엿을 먹는다

오늘날 엿 먹으라는 말은 욕이 되었다
엿 먹으라는 그 달큰한 말은
고무신떼야네 삽작걸에 엿판을 벌인
신사 엿장수만 할 수 있는 말이었다

고무신떼야네 2

고무신떼야네 가족들이
맏이인 성만이 오빠만 남고 이사를 갔다
오빠는 웃말에 사는 언니랑 동네 결혼을 했다
한 칠 년인가 아기가 없었다

어느 날부턴가 언니가 마실에서 보이다가
안 보이다가 구미로 갔다가 왔다가 했다
언니 여동생도 한참 동안을 보이지 않았다

우리 집 텃밭 탱자나무가
짙은 초록 물이 가득 올랐다
노란 탱자가 주렁주렁 노랗게 익을 무렵,
가까이로 들리는 아기 울음소리

탱자나무 울타리 사이사이로
보이는 고무신떼야네 집
아기를 안고 있는 성만이 오빠

고무신떼야네 집 골목은
우리 집과 우리 텃밭 길이만큼 길었다
탱자 열매들이 소곤소곤 울면서
더 노랗게 익어 가고 있었다

자두씨 젖몽우리
— 문디 가시나들아 1

자두씨만 한 젖몽우리가 몽실몽실 피어나기 시작
하네
　사춘기를 막 지날 무렵, 우리 마실 동무들
　해진 바느질로 얼기설기 꿰맨 누런 난닝구
　물에 젖어 축 늘어져도
　누구 하나 머랄 사람 없어 부끄럽지 않아도 돼여

　김천 시내 옆구리를 돌아 흐르는 감천내
　우리 초실 작은내로 이어져 니리오네
　초록 물이 부풀게 오른 물수양버들
　풀 가지 꺾어 몸에 두른 선머스마 해숙이는
　버들가지 잡아 흔들고 이짝 나무서 저짝 나무로
　타잔 묘기도 잘 부리고 물에 풍덩!

　내도 놀고 싶어
　막냇동생 마철이 전대로 미루나무에 칭칭 감아 두고
　동무들과 옥자 치기, 고무줄놀이, 실뜨기 하다가 물
에 참방!

요즘 애들 좋아하는 키즈카페 이상으로
그때 참말로 잼났지 그래여

까불이 해숙이가 물속 바닥으로 곤두박질쳤어
콧잔등 깨지고 코피 터지고 고마 정신을 이자뿐 기라
지금 같으면 119 부르고 쌩난리 지깃을 낀데
내 건너 갯밭에서 지슴 매던 아지매들
호미 자루 내던지고 쪼치오셨네

문디 가시나야 개안아여
하밍서 안심시키 주밍서
두툼한 손등으로 얼굴 한번 쓰윽 문질라 주고
등때기 한번 두딜라 주고
약손으로 배 한번 주물라 주마 다 나아여 고마

새그러분 사과
— 문디 가시나들아 2

초실에서 부잣집으로 부르는 내 동무 정미네 사과밭
풋사과들이 주렁주렁 열렸지
정미 아버지가 자시던 찌그러진 막걸리 양재기에
사과를 가득 담아
내에서 놀고 있는 우리에게 둥둥 떠나리 보냈지

한쪽 귀텅이가 썩은 사과
사과 한입 크게 비물라 무마
아이고 참말로 새그러바라
참말로 그 사과 맛을 지금도 잊을 수가 없는 기라

세월이 지나 아이들 임신했을 때 참말로 먹고 싶었던
사과
〈초실 작은내 찌그러진 양재기에 동동동 떠나리 오
는 사과 팜〉
우리 집 앞 농민마트 구석쟁이 비름박에 종이로 써
붙이고 싶어
새그러분 사과 맛 어릴 때부터 맛본 바로 그 사과

큰내는 절대 드가지 마라라
어른들 말을 귀 밖으로 흘려버리고
마실 오빠들은 소꼬삐 잡고 여물도 믹이고 소꼴도
뜯고
옆 마실 언니들캉 연애질하는 건 알아도 비밀이라

저녁노을이 물가에 번질 때쯤
아지매들이 저녁 하러 드가밍서
문디가 잡아간데이
쌔이 퍼떡 집에 안 드가나
이 문디 가시나들아

그 여자 산山이 오매 1

덕산에 사는 여자가 마실로 니리온 기라
허물어진 빈 상엿집에 짚단을 깔고 잤는지,
구겨진 월남치마에 짚새기가 더덕더덕 붙어 있다
목욕을 얼매나 못 했는지,
여자가 지나는 마을 삽작걸마다
고약한 냄새로 앙등한 기라

그리 고약한 냄새만 풍기는 건 아이라
여자의 분 냄새, 가슴이 퉁퉁 불어 흘러내리는
젖 냄새는 바람이 불 때마다 은근했는 기라
마실 늙은 총각들 심장도 살짝씩 두근거린 기라

진달래 참꽃을 수세미 삼발 머리에 꽂고,
여자는 해거름녘만 되면 마실로 또 니리온 기라
딴딴하고 팅팅 불은 산모 돌삐 젖가슴,
아리아리 쑤셔 오는 젖몸살 통증을 어따 말할 기고

코 낮은 담비락 너머

얼라 우는 소리가 자지러지게 들린다
여자는 기다렸다는 듯 미친 듯이 달려가
얼라에게 젖을 물린다
시어머니는 비짜루 몽디로
여자의 등때기를 사정없이 후려친다

그 여자 산山이 오매 2

산이는 할매의 여섯 번째 손녀딸로 태어났다
할매는 급하게 아버지 씨앗을 들였다
백일도 채 넘기지 못한 산이를
독하게 엄마 품에서 떼 낸 할매
미니리를 친정으로 찌끼냈다
여자는 바로 산이 오매다

여자의 낡은 웃옷은 팅팅 불어
앞섶은 흐르는 젖으로 늘 흥건했다
덕산에 참꽃이 빨갛게 피었다
내는 미치지 않았데이

우리 딸들을 이래라도 볼 수 있어 좋은 기라
아들을 몬 놓아 줬응께 할 말이 없데이
산이 오매는 덕산을 훨훨 떠 댕긴다

버섯도 따고 찔레도 꺾어 먹는다
하얀 상엿집을 뒹굴다 말고

또 마을로 니리온다
어린 핏덩이 산이가 우는 소리가 귀에 쟁쟁하다

할매 틀니 사이로 하품이 왔다 갔다 한다
여자는 산이를 얼른 품에 안고
헐레벌떡 젖을 먹인다
산이는 꿀꺽꿀꺽 잘도 먹는다

퉁퉁 불은 젖이 옷섶에서 시원하게 말릴 즈음
산이 언니들 머리를 묶어 주다 말고 멈칫,
봉긋하게 배가 불러 있는
아버지의 새 여자

그 여자 산山이 오매 3

짓궂은 남자애들이 여자를 빙 둘러 에워쌌다
지기 작대기로 여자의 월남치마를 들씨며 아이스께끼
가슴도 스윽 만지고 냅다 도망가는 기라
소독차가 허연 소독 연기를 내뿜고
마을 입구에 들어선다
남자애들은 소독차를 따라 뜀박질하다 말고
다시 또 여자의 어깨를 툭툭 치며 낄낄거린다

산이 오매야 얼라가 보고 잡아서 또 니리 왔나
산이 할매 보마 어짤라고
쎄이 산으로 올라가 삐라

여자는 웃말 엔떼이 빨래터에서 세수를 한다
산이네 삽작걸을 한참 동안 보다가
참꽃 한 아름 냅다 두고 돌아가는 기라
할매한테 걸리마 머리끄덩이도
또 사정없이 잡아 뜯기는 기라

그 여자 산山이 오매 4

여자는 훠이훠이 고함을 지른다
피를 토하미 온 산을 띠 댕기다 털썩 주저앉았다
해는 뉘엿뉘엿 서럽게 지고 있다
진달래는 저녁노을에 비쳐 더 붉게 피었다

여자는 꺼이꺼이 미치도록 울다 말고
상엿집에 뒹굴어 지쳐 잠이 들었다
뱀에게 물려 여자는 몸이 떵떵 부어올랐다
산이를 델고 남자가 덕산을 올랐다

덕산에 불났소 어짜마 존노
건넌말, 아랫말, 웃말 마실 사람들 들어 보이소
쎄이 덕산으로 오이소

동사 사이렌 소리 119 소방차 소리
동네 사람들 불 끄러 간다
양푼에다 바가지에다
감천내 물 떠니라 난리가 났다

아이고 참말로 우리 조상님들 산소 다 타네
덕산이 훨훨 불꽃이 피었다
붉고 붉은 진달래꽃들이
하늘로 피어올라 가고 있다

그 이후 여자를 본 사람은 아무도 없었다

2부
우리 꽃 따러 가재이

숲폐마을에 사과꽃 활짝
—수운자 이야기 1

오매 오매 우리 오매, 내도 델고 가여
내는 오매 없인 못 살아여 하루도 잠 못 자여

장롱이며 장독대며 솥단지 실을 때
오매도 트럭에 사뿐 올랐을까
하늘로 이사 가며 젤 먼저 실은 건 사과 알들

순자 눈물이 그렁그렁 길섶에 맺히네
꽁꽁 묶인 고무 밧줄 같은 샛길이 풀리면
순자도 오매도 문 앞에서 자욱하네

다시 못 볼 것도 아닌데 서로 두 손 흔들 때
노란 골덴 사과 한 알
오매 하얀 고무신 코에 톡 떨어지네

아흔다섯 살 우리 오매
아부지 맛보시라 설레며
제일 먼저 앞치마에 담뿍 담으시네

오빠야 다 됐나
— 수운자 이야기 2

아이고야 와 이래 맛나노
요 곤드레 밥집이 날 뚱땡이로 맹그네
쪼매마 더 리필해 무야겠다
요 밀가루 고치 찐 거 참말로 맛나데이

동탄 신도시가 생기기 시작하고부터
같은 해를 넘긴 이마트 근처 곤드레 밥집

순자랑 영란이, 해숙이 곤드레나물밥 먹으밍서
우리 너이서 수다도 같이 먹었지

20년 차이 나는 수운자 언니는 일찍 시집 가 뿌고
중간에 줄줄줄 오빠가 서이나 있는 순자가 막내라 카네
김천 봉곡 숲페마을 사과 농사짓는 과수원집 막내딸
마실에선 좀 부잔가 배라

그 당시 티비가 있는 집이 몇 가구 없었거덩
오빠 서이가 김일 레스링, 홍수환 핀투, 축구 경기를

잼나게 보는 기라
　　스레트 지붕에 세워진 안테나가
　　태극기가 바람에 펄럭입니다 하더만
　　이리 비틀, 저리 비틀 고마 막걸리를 자시고 술이 챈
기라
　　나무 대문 열었다 닫았다 하는 옛날 티비 안 있나
　　그 티비 화면이 지지지 꺼졌다 말았다 부르르 떨고
쌩난리가 난 기라

　　누가 지붕 위로 올라가 안테나를 잡고 있어야 티비가
나오는데
　　큰오빠가 중간 오빠 시키고 중간 오빠가 막내 오빠 시
키고
　　막내 오빠는 결국 어린 날 시키지 머야

　　아따 순자 이야기 밥은
　　얼매나 맛나게 잼나게 술술술 넘어가는지
　　곤드레나물만큼 꼬신 거라

오빠야들 다 봤나
— 수운자 이야기 3

아이고 순자야 니는 오빠들 덩살에 치서 우째 컸노
야들아 함 들어 보래이

내가 스레트 지붕에 올라가 안테나를 꼭 붙들고 있어
야 되는 기라
오빠야 댓나? 오빠야들 다 봤나?
고함을 시기 질러도 답이 없는 기라
우리 엄마가 들에 댕겨올 때까정
내는 지붕에서 안테나 붙잡고 있고
오빠들 서이가 정지서 삼양라면 끼리 묵다가
엄마한테 부지깽이로 시기 두들기 맞고
넙다 도망치다가 또랑으로 자빠지고 그랬다 아이가
아이고 참말로 지금 생각하믄 우스바서

오빠야들이 스레트 지붕에 있는
니를 고마 깜빡 이자뿐 거라
아이고야 근데 내는 와 이래 웃음이 자꾸 날라카노

내는 그 이후 대장 노릇을 꼭 할 기라 맹세 안 했나
우리 남편이랑 맞선 볼 때 맏이라 캐서
고마 덜커덩 결혼해서 맏미리니로 시집와 37년
99살까지 사신 시부모님 봉양한
김천 농남중학교* 고향 수운자 이야기
다음에 또 해 주께에

*지금은 율곡중학교로 학교 명칭이 변경되었다.

메타세쿼이아 댓잎 바람

　어머니가 굿을 했다 서걱거리는 대나무 바람 소리가
들린다
　초등학교 2학년 때였을까나 심한 여름 감기로 열흘
이상 앓아누웠으려나
　당산 자두밭 가는 길, 아마도 상엿집이 있었지
　상엿집 다다른 산길 모퉁이 무당을 따라 대나무밭
가는 길이었지
　조그만 흙상엿집 뚫린 구멍 사이사이,

　댓잎 바람을 타고 하얀 종이꽃들이 한들거리고 있다

　연미사를 마치고 메타세쿼이아 길에서 대숲까지 걷
는다
　댓이파리들의 대화를 듣는다
　이곳에 오면 먼저 떠나간 사람들과 이야기를 나눌 수
있다지
　임금님 귀는 당나귀 귀를 외쳐 보시라, 텅 빈 대나무
몸 안으로 들어와 보시라
　우리는 결국 텅 비어 있는 모습임을 단지, 길가에 금

계국만 피었을 뿐

대나무 잎들이 바람에 서걱거리며 서로 몸을 부비고
있다

대나무는 오랫동안 몸통을 다지고 또 다져
마침내 밥그릇이 된 대나무
대나무 향을 담은 밥알이 오랜만에 입으로 들고 있다
먹어라 많이 먹고 기운 내시라,
이 세상 고달픈 또 다른 당신에게 숟가락 하나 얹어
주시라

대통밥 한 통, 떡갈비 한 상 내어 주던
맑고 신선한 댓잎 바람이 오늘도 시원하게 불고 있다

개박골 포도꽃들이 앙등할 낀데

자색 육각형 앉은뱅이 밥상에 포도송이처럼 식구가 둘러앉았네 닳고 벗겨졌지만 반들거리는 덩굴손은 소담스러웠네

은옥 언니는 그것이 좋아서 수시로 꽃다지, 쑥, 냉이를 소쿠리에 담아 왔네 소꿉놀이 그 시절이 쑥쑥 자라 이제는 포도나무도 어쩌지 못할 나이가 되었네

언니야 개박골 포도밭 새순 피었데이, 우리 꽃 따러 가재이 인자 노란 꽃 녹색 꽃들이 앙등할 낀데

박새가 포도 한 알 콕 찍어 놓은 언니의 보조개가 이뻤네 그녀가 김천제일병원 응급실에 실려 간 날, 은퇴한 늙은 의사는 연초록 포도 줄기 같은 은옥 언니 심줄을 마구 찔렀네 흰 봉지로 포도송이 씌워 놓은 듯 검붉게 짓물러진 눈물이 굳어 가는 것이 보였네

언니야 내는 아직도 생각 나여, 그 떡국 참말로 입맛

도는 기라 떡 쌀 담그는 커다란 스텐 양푼 채로 또 한 번
먹고 싶데이

　과수원 포도나무는 모두 베어졌고 공장이 들어섰네
은옥 언니가 벗어 두고 간 신발에도 포도알들이 툭 툭
떨어지는데, 그 아래로 깨진 관로에서 폐수가 솟구쳐도
아무도 그 앞을 가로막지 못했네

관아골 막국수

풀풀 밀가루 날리는 발걸음들이
가닥가닥 갈라 내는 정오
종일 둥둥 떠 있던 해도
계란 반쪽처럼 허했는지
코 낮은 담장에 걸터앉는다

문루를 지나 마당에 들어서니
막국수 먹고 가라고
두 손을 잡는다
젓가락 쥐고 면발을 들어 올리는데
귀에 돌돌 감기는 가야금 소리

얼음을 빈 공기에 담으니
물고기처럼 꿈틀거린다
얇고 부드러운 흑색 면발은
식초와 노란 겨자 사이로 사부작사부작
충주천, 사과나무 이야기 길까지 흔들거린다

국물 한 모금 삼키는데
창 너머 수돗가
한 사내의 동그스름한 엉덩이가 보인다
꼭지에서 쏟아져 나오는 저 웃음의 면발들
사람들은 등을 치대며 국수 가닥을 이어 간다

쌉싸름한 끌림이 허기를 보챌 때
햇발을 둘둘 말아 지붕에 얹는다
다시,
관아골이라는 막국수 큰 양재기를 시원하게 들이켜
는 날이다

호박 잎사구

어짜마 존노
커라는 우리 여나는 안 크고
지슴은 우째 이리 잘 크노
엄마는 하루 종일 밭을 맸다
나는 키다리 옥수수염 머리를 땋다 말고
호박 덩굴 잎사구에 앉아 낮잠을 잔다
자고 일어나서 들쥐랑 놀았다

야이 사람들 오나 망 보거래이

큰 호박덩이는 엄마 거, 애동호박 닮은 내 웅가
보들보들 호박잎 살살살 비벼
엉덩이를 닦아 주신 엄마

엄마는 큰 호박잎 두 장 툭, 툭 끊어
거름이 되도록 살포시 얹어 두었다

내가 입덧을 하고

호박잎이 먹고 싶을 때
엄마가 김천에서 보내 준 호박잎을 쪘다
엷은 된장과 함께
어릴 적 여름 이야기 담은
까끌까끌 쌉싸름한 초록 물이 입 안에 가득했다

애동호박이 살살살 하품하는 날
호박잎 손금 따라
외할매 닮은 호박 잎사구들이
식탁에 둘러앉아 있다

야이 올게도 호박꽃이 마이 폈데이

고마버여

문예창작학과 등록금을 몽땅 날려 버렸다
여름 방학 두어 달 가깝게 경리로 일한
병점 삼성 납품 하청 금형 업체 사무실
집기류 차에 몽땅 싣고 야반도주한,
세류동에 살았던 젊은 사장은 무엇을 하고 있을까

아기들도 어리고 어려운 신접살림
등록금 하라고 가계부 생활비 빌려준 종란이
사십 년 지난 오늘도
밑반찬 만들어 병원으로 버스 타고 오네
지금도 언니 같은 친구

진순이네 방앗간 쫄면, 냉면, 떡국떡
저울에 나눠 담아 소분하는 일
저녁마다 거실로 옮겨져 자정을 넘겼지
그러고도 밤새도록 이야기하며
같은 빌라 문간방 살며 밤새웠던 날들이여

수원 권선시장에서 쫄면 장사하는 은주 부부
여름날 뜨거운 불 앞에서
쫄면 백 그릇을 팔아야 이십만 원
구겨진 앞치마에서 꺼내 준 젖은 우정
엄마가 보내 준 먹다 남은 묵은쌀
엄마표 진짜 참기름 한 병
가게서 너희 딸들 독서 논술 공부 가르쳐 주고
주방 설거지도 같이했던 그때

그날 하루가 나에겐 천 일 같았지
지금 많이 많이 고맙데이

서리태 콩알들아

육성회비 마감 날
책들 대신 서리태콩 두 되 책가방에 멨다
콩들이 조랑조랑 제 무게로
등을 펴 주는 등굣길은 이른 새벽이어야 한다

누가 볼까 곡물가게 앞에서
두리번거리는 콩알들,
콩알 몇 개는 호기심으로 더 새까맣다

기차가 쏟아 놓고 가는 바퀴의 진동으로
안개 속 코스모스가 부스스 떨리고
그 틈으로 요란한 햇볕이 재채기를 할 때
책가방 속에서 여기저기 뒤섞이는 콩알들이
됫박에 수북이 담긴다

이웃 마을 곡물가게 아저씨는
아침밥 꼭 먹고 학교 가라며
콩값에 김밥 한 줄 값을 더 넣어 주신다

서리 이불을 덮었던 코스모스들이
아침 햇살에 눈부시다

나는 운동장에 삐죽빼죽 튀어나와
쏘다니는 아이들 사이를 달린다
콩 팔아
육성회비 내던 날,
반에서 맨날 꼴찌로 냈지만
육성회비를 내며 한숨을 쉬던 날

봉명에너지 1

수원 평동 야적장에 석탄이 동산으로 군데군데 쌓여
있다
석탄 가루들이 바람과 함께 휠휠 날아다닌다
낡은 컨테이너 하우스 하나에 전화기 한 대
아파트 공사장과 석탄을 때는 곳에 납품하는 봉명에
너지
칼바람이 매서운 겨울 한철 장사라 밤 열두 시 넘어
까지 탄 장사
사장도 기사고, 부장도 기사다

시꺼먼 석탄 배달을 모두 나가면
찌그러진 화장실 문에 거미줄이 얼기설기
쇠파리 몇 마리 윙윙거리며 논다
석탄 야적장을 따라 도는 그림자가 짧다

허허벌판 멀리 주유소가 보인다
꽃구름들이 뚫린 컨테이너 바람벽 사이로 흐르고
있다

배달이 밀려 학교 지각하면 기사들이 교대로 태워다
주며 하는 말
문학 공부는 왜 하는지? 시를 왜 쓰는지 걱정이다
컴퓨터나 이런 공부를 해야 취직이 잘 되는데

학교 수업 마치면 버스를 타고 곧바로 또 석탄 야적장
으로 온다
늦은 저녁 겸 야식 라면은 꿀맛
직장을 잃고 부천에서 온 영선 아저씨
멋진 시인 되시게 그런 의미로 라면 한 젓가락 더 줄게

밤 화장실 가기가 너무 무섭다
컨테이너 담벼락 모퉁이를 아무도 몰래 자주 돌았다
하늘에 별이 다닥다닥 붙어 아무도 못 보게 화장실
문을 만들었다
달빛이 은은하게 30촉 전등이 되었다

봉명에너지 2

봉녕사에서 탄을 땐다
절에서 주문이 오는 날짜를 미리 가늠한다
기다리는 설렘을 느낀 날
오늘도 트럭 기사를 따라 면장갑을 끼고 조수석에 오
른다
발끝에 삐죽거리며 굴러다니는 갈탄
시꺼먼 석탄 줄이 볼 가운데 연필 줄을 긋고 있다

트럭에 갈탄 조개탄도 거들어
올리고 내리고를 수없이 반복했던 시간들
봉녕사 입구에 들어서니 극락에 왔나 보다 싶다

젤 급한 화장실로 종종걸음 친다
해우소에서는 고요히 은밀히 웃을 수 있다
절을 좋아하게 된 이유가 되었다
법당을 기웃거리며 두 손을 모아 본다

따뜻한 차 한 잔 건네주신 스님

석탄 값은 절대 외상이 없다
항상 천 원짜리 한 뭉치다

따뜻한 종무소 창문으로 바라본 봉녕사 풍경
난로 속으로 풍덩 들어간 까만 갈탄은
너와 나의 반짝이는 별이 되었다

김천 장날 55번 버스

아지매 어데 갔다 오는교
황금시장에서 참지름 짰지요
서울에 자취하는 아들딸 부쳐 줄라고
박카스 시원하게 드이소
후생당 약국 사모님은
단골손님들에게 아주 친절하다

성의여고 화예, 김천고 송설의 맥향
중앙고 향목, 성의고 원색, 김천여고 명록, 한일여고
나래
김천 시내 문예반 학생들이 문화원 시화전 관람하고
김천 삼각 로터리 지나 맘모스빵집으로 모였다

자두금 얼마 받았노
날은 뜨겁고 열매는 실하니 조아여
자두금이 파이라
히안해여 공판장 소장이 바낀 거라
아랫장터 버스 정류장이,

시끌벅적 김천 장날이
55번 버스로 옮겨 섰다

버스 안은 마카 술 냄새로 가득이다
낯익은 목소리도 들렸다
아버지가 술기운에 벌소리를 크게 지끼고 계셨다
버스 안내양 조용히 하라고 짜증을 낸다
말바우 재석에 사는 문예반 남학생들도 있는데
나는 너무 부끄러워 차창 너머 초록 들판만 바라보
았다

김천에서 구미가 종점인 55번 시내버스
무실 삼거리 지나 용시 용신촌에서
시골 아지매 아재들 하나, 둘 니리고
버스는 초실에서 내려야 할 아버지와
해거름녘을 싣고
대신역으로 넘어가고 있었다

틀니 속에 핀 파꽃

야간 근무를 마친 아들과 함께
새벽 트럭에 오른 어머니는
겨우내 땅속 깊이 뿌리를 내려
부지런히 영양분을 모아 두었다

어머니는 어린 파가 세상을 뚫고 나올 수 있도록
장작불보다 더 뜨겁게 자신의 온몸을 힘껏 밀어 올
린다

파밭에는 파들이 제법 통통하니 살이 올랐다
속이 텅 비면 빌수록 대파로 자라 제 색깔로 물든다
햇살에 푸르름이 더 밝게 빛날 때
몸을 곧게 세운다

뿌리는 땅속으로 기운을 쭉쭉 내려
파꽃을 피울 준비를 마치고 있다
바람이 땅으로 낮게 엎드려
김을 매듯 휘젓는 날

눈물이 터지는 것처럼 꽃을 피우는 파

버스 정류장 모퉁이 눈발이 내리고
하얗게 덧칠이 시작된다
사선으로 긋고 또 긋고
횡단보도가 온전히 지워질 때까지
진눈깨비가 흩뿌린다

하얀 머리에 파단을 이고
오늘도 트럭에 오른 어머니
대파들이 어머니 틀니 속으로 연신 하품을 게워 낸다
텃밭에 파 뿌리는 깊게 푸른 꽃을 피웠다

직지사 골짝 박수지미

직지사 골짝 박수지미
김천시 대항면 운수3리
엄마와 아버지가 말다툼하다가
아버지가 말문이 막히면 하시는 말씀
직지사 골짝에서 시집와 가꼬 멀 안다꼬

개울에서 얼음지치기하고
외사촌 사보 오빠 놀려 먹고
토끼 고구마 먹여 주던
울도 담도 없던 직지사 박수지미

메주가 온돌방 시렁에 매달리고
화롯불에 묻은 고구마가
채문 할머니 이바구에
폭폭 익어 갈 때
사르르 잠들었던 외할머니 무릎베개

방학이 끝날 무렵

동생과 마실 재실 너머
하루 종일 엄마를 기다렸지
아침 햇살에 눈 부신 황악산 설경
하얀 초가지붕에 저녁연기 피어오르면

야들아 그만 들어 가재이
너거 오매가 눈이 마이 와서 못 오나 부다
할머니 목소리를 이젠 듣지 못하는
내 어릴 적 꿈을 키우던
직지사 골짝 박수지미

기름 토마토

언니야, 내는 토마토만 먹으면 기름 냄새가 나여

빗줄기가 사나흘 쏟아부은 냇가는 장정도 떠내려갈 만큼 물이 불었다 버들가지 잡고 놀던 내가 한참 들여다 보는데, 갯밭에서 당파 모종을 심던 어머니가 들어가지 말라고 신신당부했다 그날 토마토를 실은 트럭이 굽은 빗길에 냇가로 미끄러졌다

아이고 이를 어쩌나, 저 토마토 다 뭉글라지네

간신히 트럭에서 빠져나온 운전수는 정신이 없다 어머니는 토마토를 건져 내기 시작했다 어머니가 떠내려 갈까 조마조마 마음을 졸였다 성한 데 없이 터져 버린 토마토, 트럭에서 새는 기름과 범벅이 되어 둔덕까지 밀려왔다 그날 저녁 터진 토마토가 밥상에 수북하게 올랐다

구미 큰사랑 병원 503호,

뺑소니 교통사고에 겨우 목숨을 건진 어머니가 짓무른 채 누워 있다
자식들이 돌아가며 토마토즙을 한 숟가락씩 떠서 입에 넣어 드렸다
삐걱대는 침대 바퀴에서 경유 냄새가 스멀스멀 올라왔다

그 냇가, 기름 냄새가 아직도 나는 기라

빠알간 토마토 같은 저녁놀을 베어 문 건물 아래,
자동차들이 교차로에서 뚝뚝 흘러내리고 있다

자두, 그 붉고 푸른

도시락 풀다가 또르르 굴러 나오는 자두 서너 알

암탉 잡아 펄펄 끓는 양동이에 담가 털 뽑던 아재, 여름날 마당에 내리쬐는 햇볕은 웃통을 훌러덩 벗은 등때기를 달궜다 그 너머 자두밭이 있었던가

빨간 궤짝에 어린 나를 앉히고 아재는 경운기를 몰았다 찌그러진 양은 주전자 막걸리를 벌컥벌컥 마시는 아재, 매미 울음이 막걸리 마신 얼굴처럼 불콰해졌다 그럴 때마다 자지러지게 붉어지는 자두

한 상자 이천 원, 멍석에 천 원짜리로 쫘악 깔리던 날, 영농자금 대출 상환 고지서와 우리 오 남매 밀린 등록금 용지도 함께 아재 막걸리에 젖어 있었다

세월 지나 당산 자두밭에는 빈 막걸릿병과 농약병들이 풀과 함께 자랐다 그 아래로 상엿집이 자그맣게 보이는 곳, 아재의 금이빨 윗니는 자두나무 사이 햇살에 반

짝이고 있었다

　마을 사람들은 아버지를 아재라 불렀다

　자두를 만지작거리다가 먹다 만 도시락을 덮어 버렸
다 창문에 저녁놀이 으깨져 뚝뚝 과즙처럼 흘러내리고
있었다

3부

니 시아바이 무덤에 가서 달라 캐라

불타는 주꾸미

맛 좋다 소문난 불타는 주꾸미 집, 수족관에는 주꾸미가 붉은 망에 가득하다 아따, 오늘 물이 좋구마 김金이 망을 꺼내는 동안 동탄댁이 반찬을 내놓느라 분주하다 그렇게 내가 좋아?

그녀가 속삭이며 젓가락 짝을 맞춰 놓는다 싱싱하고 탱탱하구마, 김金이 망을 들어 올리면 빨간 고추장, 갖은 양념으로 뒤엉켜 버무린 저녁이 불콰해진다

주꾸미 한 마리 조물락거리는 손놀림이 살갑다 이제 죽어도 여한이 없는 기라, 아 주꾸미가 그러네 김金이 실실거리며 그녀의 어깨를 툭 건드린다 사내의 팔뚝에 심줄이 돋고 철판 볶음 프라이팬 위로 불길이 치솟는다

오돌토돌한 빨판 빨아당기듯 사람들이 식당으로 속속 들어앉는다 한 소쿠리 다시 치대는 동안 주꾸미가 고무장갑 팔목을 휘감는다 김金과 동탄댁 어깨가 착 달라붙어 있는, 밤새 불이 꺼지지 않는, 불타는 주꾸미 집

원룸에서 만두 시켜 먹기

물소리가 벽을 타고 내려와 되직하게 섞인다
간간이 들려오던 205호 여자의 늦은 퇴근이 버무려
지고
203호 보채는 아가를 다독다독 모빌이 다지는 밤

잠에서 깨어 잠은 안 오고
가만히 두 손을 가슴에 얹으면
내 뱃속은 온통 만두 생각뿐
돌돌 말린 스타킹, 메말라 가는 화분
읽다 엎어 놓은 책이
반죽되고 있는 캄캄한 방

창문 속으로 들앉은 것들이
원형 뜬 커튼으로 포개진 다세대 주택은
늦도록 뜸 들인 따끈한 만두

얇게 빚은 손끝이
내 온몸 구석구석 더듬는다

헬멧 쓴 배달원이 초인종 누르는 동안
아무렇게나 던져 둔 지갑을 찾는다
터진 만두 속 열린 현관 앞에서
그가 나를 들여다본다

골목을 돌아나가는 오토바이 헤드라이트가
명인빌라 한켠을 덥석 베어 문다

샤인머스캣과 염색제

도서관 문이 닫혀 있어 왕배산에 오른다
마스크를 잠시 벗어 숨 고르기를 하고
다시 마스크를 쓴다
공부방 수업이 끊어지고, 이어지고를 반복하듯
어머니의 목소리가 들렸다 끊어졌다 다시 진동한다
야이 이번 추석엔 너들랑 니리 오지 마라

순환 버스를 그냥 보내고 걷는다
문득 길도 어지러운지 머리를 흔든다
농민마트에 들러 염색약을 샀다
머릿밑이 실파 뿌리처럼 하얗다
딸들에게 흰 머리카락을 유산으로 주신 어머니

염색제를 혼합하여 계란 풀듯 손목을 여러 번 돌린다
한 올, 두 올 무명실 뽑듯 그 많은 별을 시침질하듯
염색 빗으로 마음을 빗어 내린다
자동차 기름 뚜껑을 주유소에 남겨 둔 채
김천에 도착하니 달은 더 환하니 높다

새벽 차례상을 간단히 받은 아버지는
작년부터 샤인머스캣에게 밀렸다
벼농사를 전부 갈아엎은 아래 밭 농장엔
샤인머스캣이 창고 가득 높은 몸값을 뽐내고 있다

엄마 코로나로 공부방에 학생들이 없어요
아이 등록금 조금만 보태 주세요
"죽은 니 시아바이 무덤에 가서 달라 캐라"
어머니는 페리도트 연둣빛 포도알들을
아들 가슴에 차곡차곡 안겼다

주유소에 들러 자동차 기름 뚜껑을 찾았으나 없다
둥근 벽시계 속 바늘이 빙글빙글 돌아
어느새 밤의 고리에 걸쳐 있다
가방을 챙겨 두고 도서관 문이 열리길 기다린다
미장원에 안 간 지도 한참이나 되었다
다시 농민마트에 들른다

코로나에 걸린 오르페우스

남자는 이혼장을 제출했다
법원 쪽문 궐동 궐리사 은행나무에
첫눈이 소복이 내려앉았다

도로를 달리던 차들이 모두 배를 탔다
남자는 높은 계단을 정신없이 오른다
엉덩이를 주춤거리며 눈 덮인 벤치에 앉는다

체온과 만나는 눈이 녹기 시작한다
남자는 한참 동안 그대로 움직이지 않는다
리라가 없는 오르페우스의 직업은 소상공인

숨 고르기를 마칠 무렵,
은행나무 열매들이 단단히 여물고 있었다
핸드폰 카톡문門으로 첫눈 사진들이
우르르 몰려 들어오고 있다

지금 거신 전화는 없는 번호입니다

휴대폰 번호가 갑자기 사라졌다
눈꽃송이 단풍나무가
붉은 햇살에 눈물을 흘리고 있다

눈이 녹아 질퍽한 궐리사
은행나무 아래 벤치에 남자가 있다
빨간 단풍잎 도장이
하얀 눈밭에 입맞춤을 하고 있다

궐리사 너머 강나루에
카론이 배를 대기하고 있다

캐리어 가방 속에 사는 목격자

나를 있게 한 이것저것이 섞인,
가방은 지금
현금 카드와 신분증을 대신해
놓여 있다

기억해야 할 사람들은
깊숙한 곳, 휴대폰 액정에서
오랫동안 들어앉았다가 타인처럼
하나둘 빠져나갔다

나보다 먼저 가방 속에
자리를 차지한 내일의 나와
나보다 나중에 가방 안으로 비집고 들어온
또 다른 어제의 나에게 밀려
나는 엇물린 지퍼 안에서
점점 더 웅크려지고 있다

덜그럭거리는 롤러 바퀴가

온누리약국을 지나
안데르센제과점 앞,
동탄4동 주민센터 횡단보도를 건넌다
길게 네온 불빛이 이끌려 온다

버스 정류장 전광판은
숫자를 조합해 다음 순서를 지령한다
나는 지금 무엇을 기다리는 것일까

이제 막차도 끊긴 자정,
정류장 구석에는
누군가 두고 간 캐리어 가방이
가늘게 흔들리고 있다

육교가 있는 엘리베이터

집과 버스 정류장 사이
육교 엘리베이터 사방엔 벽이 없다
아래로 아래로
내려가면 강바닥 속까지
닿을 수 있을까

가방을 메고 육교를 걷는다
정류장에 갯벌 숨구멍 바람 안고
동탄 모아상가 6002번 버스가 오고 있다
촘촘한 계단을 밟고 내려갈 수 없다
발을 내디딜수록 끈적하게 달라붙는 조바심이
버튼을 누르는 순간
손가락으로 훅,
정전기가 빛 바늘을 찔러 댄다

엘리베이터 난간에 서면 끝없이 추락할 것 같아
두 손바닥으로 벽을 떠받들고 싶다

자동차 불빛이 복사기처럼
가로등과 가로등 사이를
빠르게 훑고 지나간다
종잇장처럼 빠져나오는 나,

낙하가 꿈꾸는 비행은
어디서 온몸을 던졌던가
다시, 흰 눈발처럼
정차한 버스 출입문에서
사람들이 쏟아져 나왔다

나는 허우적거리며
간신히 둥근 링 손잡이를 부여잡는다

신리천을 걸으며

수양버들이 연초록 가지들을 살랑거리며,
나는 흐느끼며, 그때처럼, 지금처럼

수양버들과 만남은 언제나 물가
그래서인지 이곳 동탄으로 이사 온 후, 맨 처음 인사
한 나무도 수양버들이다

좀작살나무가 개천을 따라 피었다
앙증스럽게도 귀여운 보라 열매가 조롱조롱 돈나무
로 보이니
반짝이는 신리천 물에 어지러운 눈을 씻는다

동탄 입주 때부터 20년이 다 되어 가는 내 집 창문을
열 수가 없다
중년 아줌마 몸무게가 36킬로그램이 되었다
맑은 공기와 함께 싱싱한 바람이 신리천 물소리에 장
단을 맞춘다
신리천 잔디밭은 그냥 털썩 주저앉을 수 있다

앞집 부부도 만나고 22층 이웃집 모녀도 만나는 신리
천 산책길
일부러 혼자 빙 돌아 걸었다
담양 수녀원 수녀 이모님 문자가 와 있다
이맘때쯤이면 만나는 금계국, 망초도 나에게 말을 건
넨다

수양버들 연초록 가지를 붙잡고
어지럽게 한들거리고 싶다고

툭, 뼈 한 잎

울퉁불퉁 하얀 춤을 춘다
항아리는 아주 따뜻하다

유골을 수습하던 남자가
시멘트 바닥에
툭, 떨어뜨린 뼈 한 덩어리

단풍나무가 타들어 간다
나뭇가지에 매달린 잎들이 돌돌 말리며
오그라드는 저녁놀

번호표를 뽑고 기다린다
먼저 들어가려고 서로 다투지 않는 곳
붉은 몸을 구르고 한참을 굴러
드디어 낙엽보다 가벼운 하얀 새가 된다

나뭇가지와 햇살 사이에 누워
뜨거운 열기를 식힌다

바람 불어오는 서녘에
일렁이는 잔잔한 불길

화장터 직원은
아무런 표정 없이
조각난 뼈들을 쓸어 담아
절구통에 마저 집어넣는다
온기가 아직 남아 있는 항아리로
꺾인 형광등 불빛

상주들이 단풍나무 아래 빙 둘러앉아
허겁지겁 밥을 먹고 있다

바지락 귓속말 듣기

창문에 햇볕이 반사되어 따사롭다
베란다에 시선을 걸쳐 놓고
공원 사다리 길 따라 겨울 제부도로 간다

물 빠진 갯벌에서 바지락 줍던 날
바다 가장자리로 지팡이처럼 길게 길이 열렸다
매바위 뒤에서 물때를 듣는 바지락,
속살이 귓속 같다

매바위가 석양을 한 소쿠리 담아 저물 때 즈음
사내는 그 저녁을 끌어안고 싶다
물에 미끄러지면 다시 바위를 잡고
바닷길에 장화가 빠지면
좀 더 부여잡는다

여자가 삼 년 만에 집으로 돌아왔다

산을 업고 산을 내려온 태양이

금빛 낚싯대를 거둘 때
바지락 캐던 여자의 손끝이 떨린다
길고 긴 칼바람이 고드름 끝을 베고
새벽길을 또다시 열었다

창문 블라인드를 내리자
바닷물이 붉은 만삭의 몸을 풀고
물길 따라 돌아눕고 있었다

농섬으로 가는 길

바닷길이 열린다
마법처럼 열리는 바닷길을 따라
햇살 줄금을 긋는 물길을 따라
매화나무길 사이로 걸어
농섬으로 간다

갯벌 속에서 포탄 껍질 건지고 있는
버들갯지렁이, 망둥어들
검은머리물떼새, 저어새들 따라
갯벌 체험 가는 염생 식물들

달팽이 따개비가 화약 냄새 맡는 날
목화솜 귀마개 두 개를 달고
매화꽃 향기 바닷바람에 춤추는
이곳 매향리에서 나는 태어났지

이제는 철조망에 황색 깃발도 없고
녹슨 포탄 껍데기만 남아 있는

바닷길 사이를
총알고둥들, 방게 손잡고
농섬으로 간다

소금 굳은살

1
제부도 가는 길에
상안리 당성에 오른다
숲길을 따라 망해루지를 걸어 본다
뿌리를 단단히 뻗은 은행나무들이
바위를 움켜쥐고 있다

바람은 서역에서 불어와
당성 능선을 따라
구봉산 허리를 껴안는다
멀리 바다와 하늘이 맞닿은 수평선에
노란 은행알들이 또르륵 구르고 있었다

2
제부도 시인 학교 가는 길
신흥사 일주문에 들어섰다
분홍 낮달맞이꽃들이
종이 봉지 사이로 얼굴을 내민 사과들과

가을 햇살을 맞고 있다

예불이 끝났다고
맞배지붕에 매달린 풍경이
바람 종을 친다
허공 속으로 홉뜨는 푸른 눈
속이 텅 비면 빌수록
제 색깔의 몸으로 물든 절 뒤란 칡꽃
탁 트인 제부도 수평선에
붉은 칡꽃향이 번지고 있었다

3
제부도 가는 길목엔
소금꽃이 피는 마을이 있다
실향민들의 공생 염전
알맞게 내린 비는 간수통 바닷물과
서로의 몸을 뜨거운 태양 아래 잘 섞고 있다

소금물을 통통하게 품었던 함초 꽃대가
갯벌에 하얀 소금을 내뱉고 있는 것을 보니
소금 밭두렁에 서둘러 앉아
통통 불은 젖을 어린 아들에게 먹이고 있는
어머니가 보인다

발바닥에 달라붙은 소금 굳은살을
낫으로 벅벅 긁고 계시는 아버지
하루 종일 온몸을 소금에 절이며 목도질하는
그 어깨 너머 소금밭 끝 수평선에
송홧가루 살포시 앉은
소금꽃 피고 있었다

해국사 고무신

수돗가에
깨끗하게 씻어 놓은 하얀 고무신 곁에
쪼그리고 앉는다
어차피 더러워지는데
왜 자꾸 나를 데려갔다가
씻겨 주는 걸까

스님은 없고
풍경風磬이 퍼덕일 때
덥썩, 소리를 문다 컹컹

섬에서 길을 잃다

길을 끊는다 섬으로 가서
끊은 길을 잇지 않고 수장한다

민박집 담벼락에 붙은 따개비
해풍에 날아와 마련한 거처이긴 하나
오갈 데 없이 말라비틀어져 가는 신세다
여기서 더 갈 곳이 어디인가
소라 속처럼 뱅글뱅글
회전하는 섬

무의지도 의지인가
수평선과 마주 선 휘추름히 여윈 나무가
십자가 구도를 이루었다
섬이 봉쇄 수도원이라는 뜻이겠다
가는 곳마다 할퀸 흔적들
부서져 내리는 벼랑도
성체 조배라는 말씀이겠다

수평선 한 줄엔 얼마나 많은
파도의 찡그림들이 있는가
굽이치는 주름들을 품고
곧은 선이 되는가

길을 잃어 본 적 참 오랜만이다
바다에선 신도 수평선 앞에
무릎을 꿇는다

만지도 여자

연명항에 오자 아침 햇살도 초면이다
구면에도 첫눈인 것들 앞에선 누구나
여행 지도를 품는다
출렁거리는 출렁다리 사이로
열 손가락 핏줄이 빠져나간다
해풍의 손길을 따라 구불거리는 곰솔들,
마디마디 붉은 동백꽃잎이
그녀의 입에서 마구 터지고 있다
멀리 하얀 부표가 떠 있는 굴 양식장
바다가 쉬는 숨소리가 작게 들려오기 시작한다
경청만으로도 입술을 나누는 건
저마다의 속엣말들이 파도처럼
어깨를 겯고 오기 때문이리라
귀도 수로가 되어
해안 절벽 깊숙이 파인
해식동굴 같은 것이 문득
생겨날 것 같은 섬
원주민들의 바쁜 그물질에

멸치가 춤을 추고 참돔이 뛰어오른다
그때 잠시 반짝이는 은빛 셔터
수평선 앵글 너머로
여자가 인화되고 있다

봉분을 씻다

탕 속에 걸터앉아
수증기 너머 은밀히 훔, 쳐, 보, 는 속살들
쭈글쭈글한 살갗에 피어난 검버섯이
뜨거운 물에 잠겨 흐물거린다

다이알 비누로 몸을 씻는 젊은 여자
이태리타월로 팍, 팍 때를 밀면
뚝, 뚝 떨어지는 연한 각질들
오일을 바르고 미끈하게 드러누워
봉긋하게 솟은 자신감을 대놓고 자랑하는
저 팽팽한 유방들

창 너머 산의 앞섶에 솟은 봉분 두 개
브래지어 덤불을 슬며시 차고 있다
어차피 한통속이라며
먹구름이 몰려와 한바탕 비를 쏟아 낸다

죽은 자를 덮어 주는 안개

봉분의 잔디들이 촉촉하다
지켜보던 산길이 눈을 감고 돌아눕는다

목욕 끝낸 여인들이 깔깔거리며
탕 속을 나올 때
젖무덤이 휘엉청 출렁거린다

땅속에 누워 있는 가슴이 시리다

구절초

보광사 뒤뜰

초록 보자기에

밥알들 펼쳐 앉았다

법당 예불 후

고양이들 공양 마치고

남은 밥알들

햇살들에게 방생 중이다

4부
수많은 울음 속에서
나를 찾는 게 아닐까

구름과 강물 사이, 비내섬

구름과 햇볕 사이에서
억새들이 서걱거리면
이제 저 강물은 지류를 따라
서로 다른 길로 가야 할 것이다
강가를 여러 번 돌다
다시 제자리에 주저앉은 바람은
산허리를 감았다 폈다
손을 풀고 있다
작은 깃털 하나조차
이야기가 될 것 같은 오후
겨울이 가고 있는 강가에서
나는 고개를 돌렸다
은빛 물결 필체로 써 내려가는
그 온기마저 가뭇한 그날
나 아닌 다른 사람이라도
너를 다시 찾는 이에게
함께 걷는 길이었다고

붓의 끝

층층 속곳을 껴입은 고마리가
쪽빛으로 햇살에 반짝인다
연초록 풀잎에서 떨어지는 물방울이
가닥가닥 바닥으로 긴 줄로 묶인다

약수터 깊이 던져 놓은 몽돌이
강물에 스피커처럼 파문을 켠다
산속으로만 흐르는 물살
마르지 않는 물줄기가
온음표로 햇살을 탄다

필봉산 정상에 둘러앉아
흘러가는 구름을 치려면
고마리가 붓끝에 잡혀야 한다
인생도 먹물 같을까
그리다 만 그림 한 장 그릴 수만 있다면
첫 끗발 같은 당신, 패를 접어도 좋으리

뒤늦게 들어선 바람이
필봉산 일몰 소리에 화들짝
쪽문을 열어 놓는다

붓의 끝
필봉산자락 허리가
일찌감치 돌아눕고 있다

밥알, 가지 끝에서 뿜어내는 소리

봉오리는 오전 열 시와 열두 시 사이
빌딩과 담벼락 틈에서 반짝거린다

여러 개 근심을 손에 꼭 쥐고 이사를 한다
편의점에서 물과 컵라면 햇반을 사고
하얀 카드의 번호가 절대 보이지 않게
햇살 끝으로 빨리 톡톡거린다

겨우내 볕 들지 않은 유리창 벽
블라인드를 올리는 소리에
잠자고 있던 먼지들이 일제히 눈을 뜬다
창문을 열고 박스 속 책들을 툭 툭 털어 냈다
책갈피 속에서 햇살이 와르르 쏟아진다

햇반을 먹으며 시집을 펼쳐 보는 중이다
내가 먹고 있던 밥알들이
푸른 목차를 가득 품은 목련나무
가지 끝에서 하얗게 숨을 내쉰다

나는 그녀가 하얀 다리를 가지런히 모으고
무사히 들어오길 밤마다 기다렸다
당신을 닮은 문장을 낳고 싶다고
바퀴벌레 유리알들을 가득 품고 싶다고

반지하 방, 알레르기를 더듬으며
더욱 습했던 속살이 이 봄날에 떨렸던가
목련나무에는 봉오리가 조금씩 열리고 있었다

네온 꽃

　내 몸을 보세요 가만히 들여다보세요 아크릴 겹겹 감아쥐고 네온을 내어 거는, 여기는 꽃밭이에요

　사람들은 기호에 맞춰 삼삼오오 저녁이 되네요 날 보고 속을 더듬어 찾아가네요 젓가락 짝을 맞춰 누구나 털어놓고 싶은 게 있듯, 눈빛이 내어져 있네요

　어떤 사람은 연애를 위해 어떤 사람은 직장을 위해 또 어떤 사람은 맛을 위해 식욕을 건드리고 있어요 꽉 찬 소음을 조용히 들어 보세요 맑은 귀 있으면 들릴 거예요

　사람과 사람 사이 연결되어 있는 목소리를, 환하게 켜져 또박또박 읽히는 밤을, 누구는 울고 누구는 머리를 묻고 또 누구는 액정을 들여다보는 자정이 오고 있어요

　모두 돌아간 새벽 골목, 나는 스르르 어두워져야 해요 쓰레기 더미와 다 해진 간판 모서리와 웅웅거리는 전

선 줄기의 숨소리를 천천히 내려다보며, 나는 또 콘센트
끝에 시들어 있어요

주름치마 계단에 서 있는 나무에게

계단은 위대하다 단언하는 순간,
그가 고음에서 저음으로 건반을 훑고 내려온다
내가 지하도를 빠르게 오르는 동안
제 몸을 밀고 밀어 한 옥타브씩 올리는
저 빗속의 나무

빗물이 낮은 슬레이트 지붕을 두드리면
그는
다시,
제 안의 몸을 잘라 잎을 낸다
해머가 현을 치듯 비바람이 거세다

물소리 모여드는 맨홀은 멜빵을 멘 아코디언 악사다
부푼 배 위에 걸친 나뭇잎 몇 개가
젖은 코드를 잡는다

퍼붓는 빗줄기도 잠깐 간주間奏로 들어서고
페이지터너 버스가 우회해서 사라진다

건반은 계단을 꿈꾸다가
악보에 꽉 찬 음표로 빗줄기를 채우다가

길고 긴 장마에도 멈추지 않는다
훅, 계단 하나 떠밀려 온다
나무가 발을 디딜 때마다
주름치마 계단은 바람을 짚는다

화엄사 풍경

하늘을 품고 공중에 떠 있는 너를 만나러 간다
아득히 거슬러 온 안갯길이 보인다

붉고 푸른 멍으로 시작한다
통증은 세차게 발목을 죄어 온다

아직은 숨 가쁘게 피어날 일 아닌 듯
사성암을 오르기엔 욕심이었나 싶다

시간의 압력이 강할수록
발목 복숭아뼈를 붕대로 칭칭 감는다

먹구름 한가운데 혈 뚫는,
은밀히 붉은 물보라를 내건 화엄사 배롱나무

물살이 피어오르는 행진에 떠밀려
대롱대롱 매달린 풍경이 되어 본다

매 순간 가장 높은 곳에 피었다가
회한으로 떨어져 내리는 꽃잎이 찬란하다

기다림의 순서가 오면
우리는 고단한 어깨를 나란히 하고

인간이 배회하는 저편 너머
획을 따라 차례대로 번호표를 뽑는다

카메라 앵글 속을 연신 넘나드는
배롱나무 붉은 꽃잎 나라로 우리는 손을 맞잡는다

수도리 무섬마을

모래톱이
나뭇가지다
고목의 수형처럼
뻗었다

수직을 수평으로
나란하다
직선이 아니라
곡선으로
구불거린다

모래알은
햇빛과 바람과 강물이 함께 찍은
점자

저 문자를 읽기 위해선 눈만으론 충분치 않다
손과 발을 다 동원하여 살갗 깊숙이 품어 봐야 한다

나무는 평생을 강물에 누워 산다
한 발, 한 발씩 내딛는 외나무다리 아래
내성천이 내 몸을 파고든다

뻣뻣한 자라목이 모처럼
유연해졌다

배롱나무 신방

나무가 허물을 벗는다
속살로부터 허물이 일어날 때
사이로 밀어 넣는 바람은
예리한 날이 된다
식물이 파충류의 방식으로
꽃이 피는 건
곤충들에게 배운 것인지도 모른다
여름 한낮을 따글거리며 끓던
매미가 허물만 남겨 놓고
제 속으로 들어온 걸
나무는 잊은 적이 없다
저마다의 몸들이 새로 태어나도록
끌어올린 물이 구불구불 하늘로 흐른다
볕이 땅속을 아궁이 불처럼 지핀다
물과 불의 혼례만 있으랴
바람은 꽃 초롱을 흔들었다
휘어지는 줄기 따라 깨드득거리며
터지는 꽃숭어리 숭어리

그 어느 땐들 절정이 아니었을까
피고 지는 사소한 나날들이
나무를 만나 절경이 된다
하늘을 품고 공중에 떠 있는
백 년도 넘은 신혼의 방
노을이 땅으로 내려와
침구를 편다

대통밥

뼈가
비었다

마디와 마디 사이가
움푹하게 파였다
늘 찬밥 신세이시던
모계의 전통이다

허리가 꺾어질 듯
휘었다가도
허리띠 질끈
솟구쳐 오르는 힘

한밤에 찾아가도
밥부터 짓는 당신이다

골수를
파먹는다

울리면 통통
우는
통뼈다

바다에서 딸에게

남해 물살이 좌우로 갈라지는 뱃전에서
지난번 아이가 보내온 문자를 다시 읽어 본다
엄마, 사람들이 왜 높은 곳에서
뛰어내리고 싶어 하는지 알 거 같아요

뇌리에 날아와 박히는 이미지
살려 달라, 살려 달라고 외치던 목소리들
영화 속 이야기이거나
소설책 문장으로 읽었던 갖가지 형상들이
바다 위로 뛰어내리고
물살에 떠다니기 시작한다

삶이라는 말이 새하얗게
죽음이라는 말이 새까맣게 밀려와
뱃머리에 부서지고 있다

아이가 출근하는 유치원 길은
늘 높은 육교를 지나야 한다

무심코 저 아래로 내려다보이는 8차선 도로
늘 맑은 웃음꽃으로 피어나던 그녀가
땅에 떨어진 동백꽃처럼 붉게 떨고 있다

오늘, 바로, 지금

바람을 가르고 물살을 품는 뱃머리
아이는 팔을 뻗어 연신 카메라 셔터를 누르고 있다
찰칵, 파도에 반짝이는 은비늘들이
남해 바다 푸른 갤러리로 저장되고 있다

개구리울음

아파트 앞 연못에서 개구리울음을 듣는다
다 같은 개구리인 듯싶어도
종류와 울음주머니에 따라 소리가 다르다지
가만히 귀 기울여 보는데
유년 이맘때쯤 개구리울음이 왜 자꾸 울리는 걸까
초등학교 옆 못자리에 그 소리가 가득 담길 때였어
그때는 왜 그리 없어지는 것이 많았는지,
교실에서 친구들과 와글와글하는 사이
연필, 지우개, 동전들이 사라지곤 했어
한 친구의 동전이 없어진 날.
선생님은 몇 가닥 안 되는 머리카락을 연신 쓰다듬
으며
매섭게 우리를 노려보았지
그 시선이 나에게 다가오는 순간,
아뿔싸, 나는 그만 고개를 획 돌려 버렸지 뭐야
그날 해 질 때까지 빈 교실에 남아야 했어
선생님, 전 안 가져갔어요
와이셔츠 단춧구멍만 한 선생님 두 눈이 단지 무서웠

을 뿐

개구리울음이 내 울음과 섞여

집으로 가는 내내 들판에서 부르르 떨었지

어머니는 부엌 부지깽이를 획 집어던지고

낡은 앞치마를 벗어 던진 채 나와 학교 사택으로 향
했어

선상님! 우리 아인 그런 아가 아닙니데이

다음 날 그 동전은 교실 마룻바닥 틈에서 발견되었지

어쩐 일인지 선생님은 내 눈을 자꾸만 피하고,

나는 어머니가 싸 준 보리 주먹밥 두 개를

교탁에 올려 두고 돌아왔지 그날 밤

개굴개굴 개굴개굴

어찌나 소리가 크던지, 산다는 게

수많은 울음 속에서 나를 찾는 게 아닐까 하고

오월만 되면 무논이 나를 불러 젖히는 것이다

반지

지구를 한 바퀴 돌아
생명으로 자란 어머니 몸은
반지

도서관 뒤편 숲에서는
아카시아 향이 오후에 맴돌고 있다
도서관을 오가는 순환 버스를 타다 보면
문득 길도 반지처럼 내게 껴 온다
어머니가 물려주신 거라고는
잔금이 자글자글한 금반지 하나,
아직도 빼지 못하는 몇 줄의 이력을 위해
나는 아직 책상에서 벗어나지 못한다

한 올, 두 올 무명실을 뽑아
하루, 일 년 마음에 기워
그 많은 별을 어떻게 시침질했을까
그날 어머니는
내 손가락에 당부를 끼워 주셨다

둥근 벽시계 속 바늘이 빙글빙글 돌아
어느새 밤의 고리에 걸쳐 있다
가방을 챙기고 도서관 문을 나서는데
주머니에서 휴대폰이 진동한다
눈가에서 설핏 눈물이 뭉쳐지는
어머니의 말,
야이, 전화를 왜 이제 받나?
목소리가 다소곳이 귓바퀴에 껴 온다

봄꽃 어망 풀어 주기

호숫가 막다른 곳
햇살 던져질 때마다
잔가지 물결이 인다
햇살 끝에는 구부러진 바늘
나무 위 찌로 내려앉은
멧새들 가지런하다
깊은 곳 캄캄하고 습한 자리에
꽃눈이 무리 지어 웅크리고 있다
파문이 옹이에 번지면
햇살 한 줄 드리워진다
부들이 버석거리며 수다를 떨면
나무 그림자가 어르는 한낮,
바람이 수면 위를 통통 뛰어다닌다
꽃눈이 물소리를 들을 무렵
일제히 치솟는 밤색 부리들
꽃은 이때 핀다
발버둥 치면 칠수록 더 밝은 빛을 물고서
햇살 줄에 꿴다

겨우내 고단한 무게를 매달고
가지 끝으로 딸려 나오고 있다
얼어 있던 나무껍질에 물이 흐르고
옹이 속 새순도 피어오른다
봄의 어망에는 꽃눈이 가득하다

수납당하다

가는 곳마다 상흔이 남았다

바다 터미널 역으로 향했다

사각의 그림을 보다가 문득,
네모난 방 안에서 혼자뿐인 내가
저 사각의 그림 속에 갇혀
수납受納당하고 싶다는 생각이 들었나 보다

그 작은 섬에 있는 성당
어쩌면 신부님도 수납당하고
싶었는지도 모른다

섬 위에 외톨이처럼 우뚝 선
신도 성당에 왔다

오래전 어머니만큼 고단한 날이
나에게도 왔다

저 작은 수납장 속에 갇힌
혼자뿐인 방 안 요양원에
내 어머니가 수납당해 살고 계신다

"이젠 괜찮아요"
말문이 막히고 콧줄을 끼운 어머니
품에 안겨 본다

나를 가두기 위해
바다가 보이는 성당으로 간다

가을 바다로 떠나는 바람 손님이
그네에 앉아 있다

율律

대둔산 온 산 가득

솔가지에 내려앉은 쌀가루

햇살 반짝이니

떡시루에 김이 모락모락

지나가는 바람도 새들도

어머니 심장 소리 듣던 날

자미紫薇의 별서

너도 숨 가쁘게 피어날 일 아니고
나도 너무 잰걸음으로 뛸 일도 아니라
계곡 물살과 함께 피어오르는 물소리
한 칸씩 오르며 숨 고르라
돌계단은 말없이 내 걸음을 길들이고
한참 땀을 빼고 난 뒤에야
풍경 소리 너머 허공을 품고 있는
배롱나무를 보았다
오로지 나만을 조준해서
은비늘 셔터가 정신없이
찰칵거리는
이 순간이
오직
극락,
석 달 열흘
피고 지는 망울들
내 별서인가 하였네

삶의 구체성과 '새그러분' 입말

김효숙(문학평론가)

　　김연화 안젤라의 시 언어에서는 "새그러분 사과" 맛이 난다. 첫 시집 『개박골 포도꽃들이 앙등할 낀데』는 경험에 허구를 입혀 자신의 기억을 특별한 것으로 만드는 화술 주체의 입말이 발랄하다. 가난을 살아 내면서도 우중충한 기운에 지배당하지 않으며, 인간이기에 지녀야 할 타자에 대한 윤리와 우리가 어느새 잃어버린 소중한 가치들을 생각케 한다. 가난을 벗어나고자 고투하면서 자타 간 정감도 잃어버린 삶의 주체라면 특히, 과거와 현재가 현격히 멀어졌으니 지나간 것은 이미 옛일이라는 관념을 물리고 시인의 이야기에 귀를 기울이게 한다.

　　기억과 시간의 문제를 다룬 서양의 어느 소설(마르셀 프루스트, 『잃어버린 시간을 찾아서』)을 보면 여기서 우리의 감각을 견인하는 감각은 후각이다. 마들렌 냄새가 과거와 현재를 매개하면서, 부르주아 태생의 인물이 살았던 그 시간으로 회귀하는 이야기 구조 때문에라도 마들렌에 대한 기억은 가난과 거리가 멀다. 소설의 인물이 지난 시간을 관조하는 것과 다르게 김연화 안젤라 시의 인물들은 역동적으로 과거의 시간에 개입한다. 너나없

이 가난하던 시절로부터 파생한 이야기일지언정 가난
은 빈천과 동의어가 아니다.

예컨대 "부지깽이 씨래기 끼리는 날" 온 집안에 퍼지
는 냄새를 시적 인물이 큼큼거렸으리라는 가정, "보리까
끄래기 도리깨질"하는 날에 온몸이 까끌까끌했으리라
는 점을 공감케 하는 감각들로 가난의 의미를 복권한다.
시인의 시간은 너나없이 공평하게 가난을 공유했던 때
로 돌아가, 행복과 불행의 강력한 준거라고 믿는 물질적
가치들을 재고한다. 그러면서 우리가 잃어버린 것은 시
간뿐만이 아니라 끝내 지켜내고 싶은 그 무엇들이었으
며, 이것이 물질 지표로는 가늠하기 어려운 인간의 윤리
임을 전한다.

기억의 부재는 시간의 아포리아를 넘어서지 못하지
만, 기억이 있는 한 시인의 시간은 실재와 허구의 주름
이 한 면에 놓인 부채 같은 것이다. 이 시집은, 과거의 시
간으로 잠입해 들어가는 인물이 들려주는 이야기의 발
원지로 우리를 데려다 놓는다. 표준 어법의 구속에서 풀
려난 입말口語로 우리가 어느 결에 잃어버린 가치들을
이야기 속에서 속속 되살려 낸다. 과거와 현재가 대립하
는 시간 현상을 이야기로 녹여 내는 시를 소리 내어 읽
으며 자신의 음성을 듣고 있노라면 과거와 현재의 분란
이 어느새 사라진다.

1. 이야기 시와 입말의 묘미

이 시집과 우리의 만남은 모계 혈통의 가계와 첫 대면을 하는 것에서 시작한다. 이전 시간에 당도하여 그때를 다시금 살아 내는 경험 주체가 명랑한 목소리로 발화하는 세계가 거기에 있다. 이 여자는 탄생에 얽힌 일화를 입말로 재미있게 술술 풀어내면서 우리의 궁금증을 부추긴다. 그런데 그 속사정을 보면 조모를 중심으로 펼치는 이야기에서 태생적으로 여자일 수밖에 없는 주체는 혈통의 중심부에서 배제되고 있다. 이를테면 「보리까끄래기 도리깨질한 날」에서 조모가 탁 뱉어 내듯 하는 이 말, "디지든가 말든가 냅뚜부리"에는 이제 막 세계-내에 던져진 어린 생명체에 대한 부정성이 실려 있다. 내리 손녀딸을 본 가계도에서 다섯 번째인 자신의 탄생은, 어머니 세대의 노동("보리타작")과 출산이 하나의 생활권에 놓여 있어서 분리할 수 없는 것이었음을 의미한다.

모계 중심의 가계도에서마저 부정되는 화자의 발언이 이어지다가 "오매 이래 날도 뜨거분데 여나 나아 줘서 고마배여"라는 말로 시가 종결된다. 과거의 사람이 지금까지 불변체일 수는 없으나 그럼에도 그 흔적들 속에 보존되어 있는 이야기 형식으로 과거는 재현되며, 이것이 있으므로 미적인 형상화도 가능하게 된다. 거기에 한 시대를 살았던 인물들이 출몰하면서 시적 화자의 생애 중 한 도막을 구성한다. 그러므로 이야기 주체로서 화자는 한 시대의 인물이면서, 타자의 존재감으로써만 자신이 누구인지를 말할 수 있는 정체성이기도 하다.

실재를 드러내는 동시에 변형하는 허구화 작업에서 이야기를 중요시하는 김연화 안젤라의 시를 읽노라면 과거 시간의 중력 속으로 속절없이 빠져든다. 시적 인물들이 살아 냈을 시간 속에는 부끄러운 경험들, 안타깝고 속 쓰린 사정들이 종횡으로 놓인다. 누구의 삶인들 온전히 축복 속에만 놓이지는 않지만, 김연화 안젤라 시의 화자는 조모의 양가감정에 의해 한편으로는 배제 감정을, 다른 한편으로는 "니가 기중 이뿌다"(「엄지호박」)며 호감을 불러일으키는 인물이다. 그리고 이같은 양면성이 지난 시대의 여성이 안고 살아야 했던 아픔이라는 점에서 김연화 안젤라 시는 추억담을 풀어내는 차원에 머물지 않고 의미의 지점으로 나아간다.

누구나 공평하게 가난한 마을 공동체에는 우스갯거리가 된 아이가 있는가 하면(「버버리가 통시에 빠진 날」 연작), 한 집안에서 추방당한 산모가 젖이 통통 불어 마을로 내려오기도 하고(「그 여자 산山이 오매」 연작), 익명의 이방인이 이 마을에서 객사하자 화자의 아버지가 조촐히 장례를 치러 주기도 한다(「부지깽이 씨래기 끼리는 날 1」). 이 인물들에 얽힌 사건은 전통 사회에서나 볼 수 있는 것이며, 시인이 한낱 웃음거리로 취급하거나 안타까운 마음을 품는 데 그치지 않으므로 의미를 지닌다. 그때는 "마을 길을 첨으로 새마을 운동 아스팔트를 깔았"을 무렵이며, 이방인의 시신을 운구했을 때처럼 아버지마저 "채 마르지 않은 아스팔트 니아까 바퀴 두 줄"처럼 "시퍼런 멍 두 줄"이 화자의 "심장 깊은 곳에"(「부지깽이 씨래기 끼리는 날 2」) 새겨진 무렵이기도 하다.

이렇게 이 시집 속의 이야기들은 전 국토 근대화 기획으로 개발 경제에 힘을 불어넣던 시대를 배경으로 한다. 토속어로 특정 지역의 풍속도를 들려주면서, 대를 이을 아들을 생산하기 위한 중혼제에서 추방당한 여성, 떠돌이 이방인의 장례를 조촐히 치러 주며 사자에 대한 윤리를 다하는 전통 사회의 면모, 아이들의 웃음거리로 전락하기 맞춤인 학우의 이야기가 미성숙해서가 아니라 생활 환경 탓이었다는 점을 "시집 내서 전국 방방곡곡 알려 주꾸마"라며 벼르기도 하는 인물이 있다. 이렇게 몇 가지의 경우만 보더라도, 극심한 상처로 정처를 잃은 이에게, 떠돌다가 객사가 필연인 의지가지없는 이방인에게 동등한 인간으로서 예의를 갖추는 공동체 일원으로서의 자세를 읽을 수 있다. 공동체의 전통을 보존해 오는 동안 배제된 주체만이 아니라, 공동체가 껴안아야 할 내부자는 물론이고 외부자까지로 확장하여 그 무렵

일기 시작한 근대화 기획과 전통 사회의 가치들을 병치한다.

　대문자 역사에서는 익명의 죽음은 단지 암시될 뿐이고, 국가나 나라 같은 거대 단위의 지속성을 말하는 데 소모되거나 할 뿐이다. 이름을 돈을새김하는 이들이 역사의 주역이므로, 익명에게 역사의 자리를 내주지는 않는다. 그러나 시인은 익명의 죽음을 이야기할 줄 아는 소문자 역사의 주역이다. 김연화 안젤라 시인은 이름 모를 한 인간의 죽음까지도 방치하지 않고 돌보는 전통적 가치를 이야기함으로써 현대인의 익명성과는 판이하게 다른 지점에서 공동체와 인간의 윤리를 사유하게 한다.

　나아가 시인은 '연화'를 '여나'로, '리어카'를 '니아까'로, '예쁘다'를 '이뿌다'로, '비료 포대'를 '비료 푸대'로 쓰는 등 특히 여성의 입말을 그대로 살려 묘미를 느끼게 하면서 선대 여성들의 언어를 복권한다. 이 점만 보더라도 이 시집은 여성의 언어로 지난 시대의 전통적 가치들을 묘파하는 데 수월성을 보인다. 미당에게 국토의 남서쪽에 위치한 전통 사회인 질마재가 있다면, 김연화 안젤라의 시에는 국토의 남동쪽에 김천이 있다. 미당이 1970년대의 공간인 질마재를 배경으로 신라의 정신을 구현한 것과 다르게, 김연화 안젤라는 당대적 감각으로 1970년대 삶의 구체성에 밀착한 시를 쓴다. 근대화 기획이 막

태동하던 무렵에 살았던 이들의 삶에 구체성을 입혀 이
것을 이야기 형식으로 전하고 있다.

2. 음식에 얽힌 삶의 구체성

과거의 시간을 잃어버린 경험은 그 누구에게나 예외
일 수 없지만 시인은 남다른 감각으로 이것을 개별화한
다. 동시대를 살았더라도 서로 다른 기억을 환수할 뿐만
아니라, 이것을 풀어내는 방식도 사뭇 다르다. 형상화 작
업이 전적으로 사실일 수만은 없음에도 우리가 김연화
안젤라의 시학에 공감하는 건, 시인이 실제와 허구를 교
차시키면서 온전히 과거를 다시 살아 나가며 과거와 현
재의 분리선을 지워 나가는 데 그 이유가 있다. 특히 갖
가지 음식에 얽힌 기억을 펼쳐 내는 이야기에는 누군가
의 삶뿐만 아니라 죽음의 문제까지도 깃들어 있어서 음
식이 생사를 관통하는 기제로 작용한다. 어머니가 보리
타작을 하다가 자신을 낳았다는 시를 시작으로, 객사
한 이방인과 아버지의 장례일을 "부지깽이 씨래기 끼리
는 날"로 기억하는가 하면, 고무 타는 냄새를 "고약하지
도 않고 달짝지근했다"고 표현하는 식이다. 이러한 기분
은 고무로 엿을 바꿔 먹었던 시절의 기억이 몰아오는 미
각의 활성화와 연관되며, 시적 화자에게는 세간의 '엿 먹
으라는 욕'과 "엿 먹으라는 그 달큰한 말"(「고무신떼야

네 1」)의 차이를 구별해 낼 재간이 없어 보일 정도다.

입으로 들어가는 음식이 시적 인물의 삶을 구체화한
다는 점은 김연화 안젤라의 시를 몇 편만 읽어 보아도 금
세 알 수 있다. 순수하게 시이기만 한 가상 세계에서라
면 볼 수 없는 구체성을 갖가지 음식에 잇댄 상상력으
로 구현한다. 시인에게는 사람도 음식도 자신의 원형 공
간이 기원이며, 타지로 이주하여 살아가면서도 과거의
인물과 관계를 이어 가는 방식에서 이전에 먹었던 음식
이 매개하는 양상을 보인다. "막국수 먹고 가라고/두 손
을 잡는" 이의 집에서 "막국수 큰 양재기를 시원하게 들
이켜는 날"(「관아골 막국수」)이나, 어릴 적 친구들을 만
나 "순자랑 영란이, 해숙이 곤드레나물밥 먹으밍서/우
리 너이서 수다도 같이 먹었"(「오빠야 다 댔나─수운자
이야기 2」)던 이야기들에서 전해 오는 정감도 이들이 함
께 나누었던 음식에서 비롯한다.

「새그러분 사과─문디 가시나들아 2」를 소리 내어 읽
노라면 새콤달콤한 사과 맛이 입 안에 고여 온다. 이 시
는 부자富者의 윤리가 나눔의 형식으로 작동하는 장소
로 내川를 설정하여 부와 가난의 대립을 무화시킨다. 윗
물에서 아랫물 쪽으로 흘러내려 오는 "찌그러진 막걸리
양재기" 속에 담긴 사과가 부잣집의 소출이라는 점에서
시인의 발화 의도가 엿보인다. 아이들의 놀이 공간인 냇

물에 찌그러진 양푼에 담긴 사과가 "동동동 떠니리 오
는" 광경은 어떤 그림으로도 재현하지 못할 특별한 구
상화를 밀어 올린다. 물놀이에 빠져 시간도 허기도 잊은
아이들 쪽으로 떠내려오는 양재기 속의 사과가 시각과
미각을 자극하는 풍경 앞에서 우리의 공감각은 한껏 고
양된다.

역사의 시간과 일상의 시간을 비교할 때만이 저러한
광경의 의미와 소중함이 피부에 와닿는다. 역사의 시간
이 지배자의 단일한 법칙 아래 진행하는 것이라면, 일상
의 시간은 개인의 사정에 따라 제각기 다른 양상으로
생기는 갈래를 따라 진행한다. 김연화 안젤라 시에서 인
물들이 살아가는 시간이 바로 그러하다. 이때 불시에 사
건이 일어나는 때를 우리는 '현재'라 부른다. 그 현재가
과거가 되어 버린 사정이 이 시에 담겨 있으며, 이것이 이
야기 형식으로 지금 여기에 당도한 것이 김연화 안젤라
의 시다.

　　어짜마 존노
　　커라는 우리 여나는 안 크고
　　지슴은 우째 이리 잘 크노
　　엄마는 하루 종일 밭을 맸다
　　나는 키다리 옥수수수염 머리를 땋다 말고

호박 덩굴 잎사구에 앉아 낮잠을 잔다
자고 일어나서 들쥐랑 놀았다

야이 사람들 오나 망 보거래이

큰 호박덩이는 엄마 거, 애동호박 닮은 내 웅가
보들보들 호박잎 살살살 비벼
엉덩이를 닦아 주신 엄마

엄마는 큰 호박잎 두 장 툭, 툭 끊어
거름이 되도록 살포시 얹어 두었다

내가 입덧을 하고
호박잎이 먹고 싶을 때
엄마가 김천에서 보내 준 호박잎을 쪘다
엷은 된장과 함께
어릴 적 여름 이야기 담은
까끌까끌 쌉싸름한 초록 물이 입 안에 가득했다

애동호박이 살살살 하품하는 날
호박잎 손금 따라
외할매 닮은 호박 잎사구들이

식탁에 둘러앉아 있다

야이 올게도 호박꽃이 마이 핏데이
　　　　　　　　　　　—「호박 잎사구」 전문

　먹기에도 아까운 마음이 들도록 호박잎의 미학을 이
토록 적절히 구현한 시가 달리 있을까. 그 내면을 보면
우리가 일찍이 잃어버린 시간 속에서 동화 같은 세계의
풍경이 펼쳐진다. 싱그럽고 사랑스럽고 애틋한 정감을
자아올리는 화자의 말에 이끌려 동심으로 돌아가게 하
고, 우리는 미각으로만 호박잎의 맛을 누렸으나, 화자는
호박 한 덩이의 전 생애에 온전히 관여한 듯 보인다. "애
동호박 닮은 내 응가"와 "거름"의 관계항만 보더라도 시
인의 상상력은 단순한 기억 작용에 머물지 않는다. 이제
그만 듣고 싶을 만큼 귀에 징을 박는 생태 문제를 은근
슬쩍 에둘러 말하는 방식도 특별히 새롭게 들린다. 그
밖에도 "그 떡국 참말로 입맛 도는 기라 떡 쌀 담그는 커
다란 스덴 양푼 채로 또 한 번 먹고 싶데이"(「개박골 포
도꽃들이 앙등할 낀데」)라는 발화의 기저에는 포도꽃
을 따다가 소꿉놀이를 벌였던 은옥 언니와 함께한 시간
이 있다.

뼈가
비었다

마디와 마디 사이가
움푹하게 파였다
늘 찬밥 신세이시던
모계의 전통이다

허리가 꺾어질 듯
휘었다가도
허리띠 질끈
솟구쳐 오르는 힘

한밤에 찾아가도
밥부터 짓는 당신이다

골수를
파먹는다
울리면 통통
우는
통뼈다

—「대통밥」전문

이전 시대의 모든 어머니에게 보내는 헌사로 읽히는 시다. 삶과 음식의 관계항에 어머니의 생애가 담긴 점과, 어머니의 입말을 전승하는 시어를 다듬어 나가는 시인의 세대 감각이 남다르게 개성을 발휘한다. 늘 "찬밥 신세"인 "모계의 전통"은 어머니 대까지의 습속이고, 숭고성과 헌신이라는 가치에 매몰되어 온 어머니−사람의 정체성을 화자가 비로소 자신의 시 언어로 복권하고 있다. 타자에게 밤낮으로 따뜻한 밥을 지어 먹이면서도 자신은 찬밥 처리의 주역으로 살아온 어머니에게 보내는 말로 이 시가 읽히는 이유다.

3. 언어라는 보물로 빚어낸 인간성

인간은 대체로 장소를 바꾸면서 변화의 계기를 맞는다. 기원의 장소를 떠나야만 사회적 성장이 이뤄지므로 잦은 이동, 직업 전환, 이전 사람과의 이별과 새로운 사람과의 만남이 교차한다. 유년기와 학동기를 지나 청년기에 접어든 김연화 안젤라 시의 화자가 비로소 문학을 이야기하기 시작한 곳도 기원의 장소가 아니다. 그 행로가 결코 순탄치 않았음을 내비치면서 그럼에도 문학에 대한 열망이 좌초하지 않은 사정을 들려준다. 추측건대, 보편적인 학령기를 지나 뒤늦게 창작 관련 학과에 입문했을 화자에게 "등록금을 몽땅 날려 버"(「고마버여」)리게

한 사건의 주역인 "젊은 사장"이 있는가 하면, 그 반대편에는 화자가 다시 털고 일어날 수 있도록 도움을 준 이들이 여럿 있다. 그들의 이름을 하나하나 부르면서 모두가 넉넉한 처지는 아니었음을 환기하는 시에서 우리는 타자에 대한 공감 능력이 물질의 가치를 넘어서는 진정성을 읽는다.

뿐이겠는가. "컴퓨터나 이런 공부를 해야 취직이 잘되는" 현실 원칙을 염려해 주는 이들도, "멋진 시인 되시게 그런 의미로 라면 한 젓가락 더 줄게"(「봉명에너지 1」)라며 의지를 북돋아 주는 이도 하나같이 갈탄 납품 업체의 종사자다. 학동기에 "문예반"(「김천 장날 55번 버스」) 소속이었다는 점 하나만으로도 화자에게서 예술적 재능의 인자가 읽히지만, 이후 몇 굽이의 변곡점을 맞아 삶이 요동쳤을 때도 그는 문학 안에서 자신이 진정 바라는 삶을 꿈꾸었을 터. 일찍이 문학의 중력에 이끌린 자가 그 자력을 벗어나기 어려운 사정은 「반지」에도 충분히 암시되어 있다. "아직도 빼지 못하는 몇 줄의 이력을" 완성하고자 하면서 어머니의 "시침질"에 비견되는 글쓰기 행위를 "한 올, 두 올" 엮어 가는 그의 내심을 움직이는 건 어머니의 그 어떤 "당부"에서 연유한다.

그러므로 김연화 안젤라 시인의 삶과 시 쓰기는 "수많은 울음 속에서 나를 찾는"(「개구리울음」) 과정에 놓인 현상이라 해야 한다. "먼저 떠나간 사람들과 이야기를 나눌 수 있다"는 말을 믿었던 어린 자아의 시간에서 벗어날수록 삶은 녹록지 않은 현실을 화자에게 안겼을 것이다. 그럼에도 "대나무 향을 담은 밥알"에 담긴 어떤 이의 정성 어린 손길을 "기운 내시라"(「메타세쿼이아 댓잎 바람」)는 말로 바꿔 들으면서 그는 지난날의 어려운 사정을 오늘의 고마움으로 전환할 줄 아는 시인이다.

김연화 안젤라 시인은 과거사를 불러들여 시를 쓰기 시작했으나, 다시금 전변하는 시를 꿈꾸고 있다. 여기서 읽히는 건, 고투하는 삶의 정경이기보다 거기에서 놓여난 자의 해방 감각이다. 그는 과거사에 매몰된 채 고담古談을 즐기지만은 않으며, 이전부터 지녀 온 정결한 마음에 새로운 시각을 입혀 이 세계를 다시 바라본다(「해국사 고무신」, 「구절초」, 「화엄사 풍경」). 그간 '현상'에 집중해 온 감각에 더하여 마음 씻기와 비우기, 만유와의 공존, 발심과 욕심의 상관성을 사유하면서 사물을 이전과 다른 각도와 감도로 대하고 있다.

변하는 것만이 살아남는다는 말은 김연화 안젤라 시인에게도 예외가 아니다. 그 누구라도 변화의 기류를 타고 한 시대를 살아 내지만, 시인은 더 극렬하고 예민하게 현실의 변화를 수용한다. 김연화 안젤라 시인도 굽이굽이 변화의 계기들을 언표해 왔음에도 다시금 깊이를 더

해 가는 시, 새로운 시를 꿈꾸고 있다. 삶의 속성을 "아득히 거슬러 온 안갯길"이라 여기는 주체가 배롱나무꽃이 "대롱대롱 매달린 풍경"을 목도했을 때, 낙화 직전의 그 모습에서 "시간의 압력"(「화엄사 풍경」)을 통찰하는 자세는 우리가 이 시집에서 처음 보는 장면이다. 허공도 대지도 아닌 위치, 매달리기에도 떨어지기에도 마땅찮은 아슬아슬한 생명력. 이곳이 시인이자 여성으로서의 관점을 가능케 하는 자리로 보인다.

장소와 비장소의 접경, 삶과 죽음의 접경에서 마주하는 세계에 마음을 잇댄 시집 『개박골 포도꽃들이 앙등할 낀데』는 바로 이 지점에서 태어난 언어의 보고寶庫다. 시인이 전하는 과거사에서는 발랄과 명랑의 화신이 종횡으로 생명력을 발산하였고, 한층 깊이를 더해 가는 지금의 화자는 되도록 말을 아껴 사유의 층을 만들어 간다. 실제 삶의 풍속을 시적으로 변용했을 이야기에서 우리는 한 시대와 시간의 주름을, 사람다움이 피어나는 관계성을, 시대가 빠르게 변해도 휘발하지 않은 정감을 읽는다. 이야기의 보물 창고에서 들려오는 당차고, 명랑하고, 따뜻한 말 덕분에 동화처럼 환상처럼 그 현실과 만날 수 있다.

개박골 포도꽃들이 앙등할 낀데

2025년 10월 30일 1판 1쇄 펴냄

지은이   김연화 안젤라
펴낸이   김성규
편집   조혜주 최주연 권은하 한도연
디자인   신혜연
펴낸곳   걷는사람
주소   경기도 용인시 기흥구 동백중앙로 358—6, 7층 (본사)
               서울 마포구 월드컵로16길 51 서교자이빌 304호 (지사)
전화   031 281 2602 / 02 323 2602
팩스   02 323 2603
등록   2016년 11월 18일 제25100—2016—000083호

ISBN 979-11-7501-033-8 04810
ISBN 979-11-89128-01-2 (세트)

* 본 출판물은 화성특례시, 화성시문화관광재단의 〈2025 화성예술활동지원〉 사업을 통해
  제작되었습니다.